Analyse de l'œuvre

Par Elena Pinaud et Margot Pépin

Où on va, papa ?

de Jean-Louis Fournier

Rendez-vous sur lepetitlitteraire.fr et découvrez :

Plus de 1200 analyses
Claires et synthétiques
Téléchargeables en 30 secondes
À imprimer chez soi

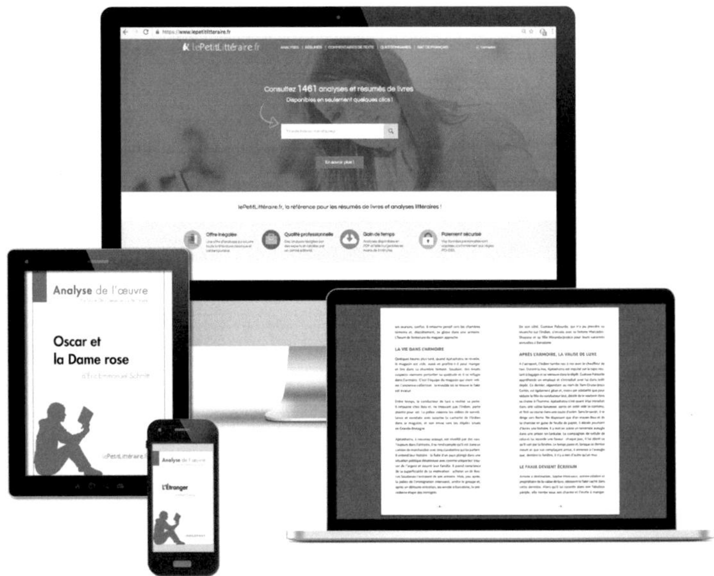

JEAN-LOUIS FOURNIER

ÉCRIVAIN, HUMORISTE ET RÉALISATEUR DE TÉLÉVISION FRANÇAIS

- **Né en 1938 à Calais (Pas-de-Calais)**
- **Quelques-unes de ses œuvres :**
  - *La Noiraude* (1999), album jeunesse
  - *Le Petit Meaulnes* (2003), roman
  - *Satané Dieu !* (2005), roman

Jean-Louis Fournier a choisi la voie de l'écriture, de l'humour et de la télévision. Il a écrit des scénarios pour des programmes télévisés (*La Noiraude*, une série animée, en 1976 ; *La Minute nécessaire de monsieur Cyclopède*, des chroniques créées en 1982 pour l'humoriste français Pierre Desproges, 1939-1988), des essais (*Arithmétique appliquée et impertinente*, 1993 ; *Mouchons nos morveux*, 2002), des romans (*Il a jamais tué personne, mon papa*, 1998 ; *Le Petit Meaulnes*, 2003) et des nouvelles (*Histoires pour distraire ma psy*, 2007). Tous se distinguent par un ton direct et sans pathos qui oscille entre le rire et le sarcasme, bien que tous les ouvrages traitent de sujets très sérieux tels que Dieu, l'image du père ou l'éducation des enfants.

OÙ ON VA, PAPA ?

LA CONFESSION D'UN PÈRE À SES DEUX FILS

- **Genre :** roman autobiographique
- **Édition de référence :** *Où on va, papa ?*, Paris, Le Livre de Poche, 2010, 160 p.
- **1ʳᵉ édition :** 2008
- **Thématiques :** amour, handicap, père, famille, enfants, mort, préjugés, bonheur

Dans *Où on va, papa ?*, qui a obtenu le prix Femina en 2008, l'auteur se confesse sur ses relations avec ses deux fils qui souffrent d'un handicap mental et physique, Mathieu et Thomas, et sur les sentiments qu'il éprouve pour eux. Il se livre sans réserve, avec humour, affection et sarcasme. Fournier parle de son désespoir et de ses désillusions de père qui ne verra jamais ses fils devenir des adultes responsables. Pourtant, retracer la vie de ses deux enfants l'amène surtout à écrire sur l'amour qu'il leur porte. C'est en outre l'occasion pour l'auteur de réfléchir à la mort, au vieillissement, aux préjugés et au bonheur.

RÉSUMÉ

UN CADEAU SOUS FORME DE LIVRE

Jean-Louis Fournier commence sa confession en décrivant le cadeau qu'il décide de faire à ses deux fils Mathieu et Thomas, le cadet : il veut écrire un livre qui parlerait d'eux, pour qu'ils ne tombent pas dans l'oubli. Ses deux fils sont handicapés, physiquement et mentalement : bien qu'il leur soit directement adressé, ils n'auront jamais accès au contenu de ce livre. L'auteur précise que ce récit est également une manière pour lui de leur demander pardon de n'avoir pas été « un très bon père » (p. 8).

LE BALLON DE MATHIEU

L'auteur se souvient que, outre de ses parents, les premiers compliments adressés à son ainé, Mathieu, venaient d'une tante : elle et ses amies religieuses avaient trouvé l'enfant « mignon », au même titre que « toute créature de Dieu ». « Pour une fois qu'on lui faisait des compliments », commente Jean-Louis Fournier (p. 14).

L'auteur raconte que Mathieu se prenait souvent pour une voiture et en imitait le bruit (« vroum-vroum », p. 21), parfois pendant toute la nuit. Il avoue qu'exaspéré, il lui venait parfois « dans la tête des idées terribles » et qu'il en arrivait à vouloir « le jeter par la fenêtre », mais qu'il se consolait en se disant que les enfants normaux aussi « empêch[aient] leurs parents de dormir » : « Bien fait pour eux », ajoute-t-il ironiquement (*ibid.*).

Mathieu tenait beaucoup à un ballon qu'il avait l'habitude de jeter dans des endroits où il ne pouvait pas le récupérer. Alors, il s'empressait d'aller chercher ses parents pour qu'ils le récupèrent, parfois « des dizaines de fois dans la même journée » (p. 23) : c'était « la seule façon qu'il a[vait] trouvée de créer un lien avec nous, pour qu'on le tienne par la main ». L'auteur emploie même cette métaphore du ballon pour évoquer le décès de son fils : « Maintenant Mathieu est parti chercher son ballon tout seul. Il l'a jeté trop loin. Dans un endroit où on ne pourra plus l'aider à le récupérer. » (p. 24)

À 15 ans, Mathieu meurt en effet des suites d'une opération du dos. L'auteur se demande alors s'il pourra rencontrer ses enfants après sa mort, dans l'autre monde, et si ceux-ci seront toujours handicapés, s'ils le reconnaitront, et s'ils pourront enfin se parler et se comprendre. Il pense aussi qu'ils pourront rendre visite ensemble à leur grand-père : « Vous allez voir, c'est un personnage étonnant. Il va certainement vous plaire et vous faire rire » assure-t-il à ses fils (p. 87).

LES QUESTIONS DE THOMAS

À la naissance de leur deuxième enfant, Thomas, l'auteur et sa femme ont cru qu'il était un enfant sans problème. Mais Thomas étant souvent malade, un médecin a fini par leur annoncer qu'il était handicapé comme son frère.

Fournier raconte que dans son enfance, Thomas avait l'habitude de demander sans cesse « Où on va, papa ? » lorsqu'ils étaient en voiture. La première fois, le père répondait simplement à la question de son fils : « On va à la maison ». Mais après avoir entendu des dizaines de fois la même question, il se mettait à inventer des réponses saugrenues : « En Alaska, aux champignons, à la piscine... » (p. 9-10).

L'auteur se souvient également d'une émission télévisée au cours de laquelle il avait parlé de ses enfants handicapés. Il a expliqué que ses fils le faisaient rire et « qu'il ne fallait pas priver les enfants handicapés du luxe de nous faire rire » (p. 37). Les réalisateurs ont coupé ses remarques pour ne pas choquer les parents qui regarderaient l'émission. Cet incident rappelle à l'auteur un épisode où Thomas, essayant de mettre son pull, cherchait à faire passer sa tête non pas par le col, mais par un trou de quelques centimètres : voyant que cela amusait ses parents, il avait continué et avait fini par agrandir le trou pour en faire sortir sa tête.

DEUX PETITS OISEAUX

L'auteur imagine une lettre que ses fils auraient pu lui envoyer pour la fête des pères s'ils avaient pu parler ou écrire. Celle-ci aurait commencé par le reproche de les avoir engendrés handicapés. Mais Mathieu et Thomas auraient conclu par une déclaration d'amour : « Comme on n'est pas rancunier et qu'on t'aime bien quand même, on te souhaite une bonne fête des Pères. » (p. 112) L'auteur évoque aussi les fêtes de fin d'année, évènement dont ses enfants n'avaient pas conscience : « Ils étaient bien placés pour savoir que le petit Jésus ne faisait pas de cadeaux. » (p. 41) Mathieu et Thomas recevaient à cette occasion des cubes et des voitures, même lorsqu'ils sont devenus grands.

Le narrateur imagine avec un humour grinçant les métiers

que ses fils auraient pu exercer : Mathieu, qui faisait « souvent "vroum-vroum" », aurait pu être chauffeur routier roulant « à fond la caisse [...] avec le parebrise couvert de nounours » (p. 42), tandis que Thomas, qui aimait « jouer avec de petits avions et les ranger dans des boîtes, [aurait été] aiguilleur du ciel » (*ibid.*).

En les regardant dormir, l'auteur se plaisait parfois à penser que ses enfants, dans leurs rêves, étaient très intelligents, qu'ils avaient de nombreuses activités intellectuellement intenses et que, le jour, ils préféraient qu'on les laisse tranquilles pour se reposer : c'est la raison pour laquelle ils faisaient semblant d'être handicapés, pour ne pas être obligés de faire la conversation ou d'aller à l'école.

Devenus adolescents, Mathieu et Thomas, de plus en plus voutés, ont dû porter une sorte de cuirasse métallique pour se tenir droits. Le soir, quand leurs parents enlevaient ces plaques, « on retrouv[ait] deux petits oiseaux déplumés qui trembl[ai]ent » (p. 60).

Un troisième enfant est ensuite né, une fille tout à fait « normale ». Quelques années plus tard, la femme du narrateur s'est séparée de lui. Désireux de refaire sa vie, Fournier a fini par trouver l'amour auprès d'une femme qui a accepté ses fils.

HORS DES SENTIERS BATTUS

Devenu adulte, Thomas vit dans un institut pour personnes handicapées. Il « ne va pas très bien » (p. 132) et doit parfois faire des séjours dans un hôpital psychiatrique. « Il ne demande plus où on va, papa. Peut-être qu'il est bien là où il est. Ou alors, il n'a plus envie d'aller nulle part » (p. 135), pense le père. Or, lors d'une visite de Fournier, Thomas le reconnait et lui pose d'une manière surprenante la question : « Où on va, papa ? »

L'auteur conclut le roman par des considérations sur la vie hors-norme qu'il a menée avec ses fils :

> « Mes enfants sont indatables. Mathieu est hors d'âge et Thomas doit avoir dans les cent ans [...] Quand on a eu toute sa vie des enfants qui jouent avec des cubes et qui ont un nounours, on reste toujours jeune. On ne sait plus très bien où on en est. J'ai l'impression d'être embarqué dans une grande farce, je ne suis pas sérieux, je ne prends rien au sérieux. Je continue à dire des bêtises et à en écrire. Ma route se termine en impasse, ma vie finit en cul-de-sac. » (p. 144-145)

ÉTUDE DES PERSONNAGES

MATHIEU ET THOMAS

Mathieu et Thomas sont tous les deux nés handicapés mentalement et physiquement. Fragiles et communiquant difficilement avec le monde extérieur, ils n'ont « pas beaucoup de distractions » (p. 23). Ils ne connaissent pas beaucoup d'évolution dans le roman (Jean-Louis Fournier les qualifie même d'« indatables », p. 144). Ils jouent avec des jouets très simples, des ballons ou des cubes, et ne parlent quasiment pas. Avant d'être placés dans des instituts spécialisés, ils sont accompagnés à la maison par Josée, une aide engagée pour s'occuper d'eux. Celle-ci les a traités avec beaucoup d'amour, leur parlant comme s'ils étaient des enfants comme les autres, et les grondant quand ils faisaient des bêtises : « Mais vous avez de la paille dans la tête », leur dit-elle (p. 44). Le père reprend cette image poétique, jugeant que c'est « le seul diagnostic juste » sur la maladie de ses enfants : « Elle avait raison, Josée, ils avaient certainement de la paille dans la tête. » (p. 45)

Gentils et affectueux, les deux enfants veulent embrasser tout le monde : « Ils ne voient le mal nulle part, comme les innocents. Ils sont d'avant le péché originel. » (p. 79) Physiquement, l'auteur les compare à « des marionnettes ou des poupées de chiffon. Ils sont légers, ils ont des petits os fragiles, ils ne grandissent pas, [...] à 14 ans ils en paraissent 7. Ce sont des lutins. Ils ne s'expriment pas en français, ils parlent le lutin » (*ibid.*).

Le lecteur apprend que Mathieu est décédé assez jeune, après une opération contre la scoliose. « Elle est terrible la mort de celui qui n'a jamais été heureux, celui qui est venu faire un petit tour sur Terre uniquement pour souffrir. De celui-là, on a du mal à garder le souvenir d'un sourire » (p. 85), précise l'auteur. Thomas, à l'inverse, sourit beaucoup, porte des lunettes qui lui donnent « l'air d'un étudiant américain ». Charmant, fragile et frêle, il est d'un naturel gai et affectueux et passe beaucoup de temps à dessiner. Il a l'habitude de parler avec sa main, qu'il appelle Martine et qu'il gronde parfois : « Peut-être qu'il lui reproche de ne pas savoir faire grand-chose » (p. 128). À la fin du roman, il est toujours en vie : devenu adulte, il est placé dans un établissement spécialisé. Mais sa santé décline, il se « déplace difficilement », est « toujours plus voûté » et son père le trouve « moins gai qu'avant » (p. 134).

Le père, affligé par la maladie de ses fils, déplore tous les moments manqués avec eux et imagine ce qu'ils auraient pu vivre ou faire s'ils avaient été comme les autres enfants : aller à l'école, se faire des amis, découvrir la littérature et la peinture, aimer, etc. Mais ses enfants ne sont pas comme les autres : « Mes enfants ne ressemblent à personne. Moi qui voulais toujours ne pas faire comme les autres, je devrais être content. » (p. 95)

LE PÈRE

Jean-Louis Fournier, le père de Mathieu et Thomas, est le narrateur du récit. Féru de littérature et de musique, c'est un homme cultivé. Personnage public (il est écrivain et homme de télévision), il est discret quant à sa vie privée et ne parle jamais de ses enfants (par crainte de la réaction des gens, « par honte », et pour qu'on ne le « plaigne » pas, dit-il, p. 92) Il se livre dans ce récit avec sincérité et n'hésite pas à se faire des reproches. Il avoue avoir vécu la naissance de ses deux garçons comme « deux fins du monde » (p. 11). Père imparfait, il est parfois impatient (« avec vous, il fallait une patience d'ange, et je ne suis pas un ange », p. 8) et vit avec douleur le deuil de la vie qu'il avait projetée avec des enfants « normaux ». Il dévoile avec humilité le désespoir qui le sai-sit parfois face au handicap de ses fils (l'envie de provoquer un accident de voiture pour en finir, par exemple). Il confie son amertume et sa jalousie vis-à-vis des autres parents. Ainsi avoue-t-il, en parlant de mères d'enfants « nor-maux », « brandissant leur chef d'œuvre devant le jury » d'un concours du plus beau bébé : « J'avais envie qu'elles le fassent tomber. » (p. 61) Néanmoins, il s'occupe bien de ses enfants qu'il aime et considère avec tendresse : il choisit d'affronter la situation avec humour. Loin de se laisser abattre malgré les difficultés, il cherche à rire, parfois avec cynisme, de la situation. L'humour est pour lui un refuge et une arme contre la rudesse de la réalité : il choisit de voir la vie comme une « farce ». Ainsi affirme-t-il à la fin du roman : « J'ai l'impression d'être embarqué dans une grande farce, je ne suis pas sérieux, je ne prends rien au sérieux. » (p. 145)

LA MÈRE

La mère des enfants n'est pas nommée dans le récit. Elle est évoquée avec respect et pudeur : on ne connait réellement ni son point de vue, ni ses sentiments. Le narrateur la présente comme une personne forte et prévenante qui, enceinte de son deuxième enfant, n'exprime pas ses craintes « pour ne pas [...] angoisser » son mari (p. 25). Elle est patiente, prenant soin de ses fils et supportant un mari qui se déclare lui-même « impossible à vivre » (p. 67). Mais sa patience a des limites. Une fois les enfants grands, elle se sépare de son mari : « La mère de mes enfants, que j'ai poussée à bout, en a eu marre, elle m'a quitté. Elle est partie rire ailleurs. Bien fait pour moi, je ne l'ai pas volé. » (p. 70)

CLÉS DE LECTURE

« OÙ VA OÙ, PAPA ? »

Le titre du roman reprend une phrase récurrente du récit, prononcée par Thomas qui, enfant, répète inlassablement « Où on va, papa ? » lorsqu'il est en voiture. « Imperturbable » (p. 10), il ne prête pas attention aux réponses que lui fait son père. Le narrateur commente avec humour : « Thomas est le roi du *running gag*. » (*ibid.*) Cette phrase de Thomas cristallise le lien entre le narrateur et son fils : plus âgé, celui-ci sera placé dans un centre et dira « Où va où, papa ? » à chaque fois que son père lui téléphonera ou lui rendra visite, pour lui dire bonjour et lui montrer qu'il l'a reconnu.

Cette phrase clé du récit symbolise aussi l'errance du narrateur, ses questionnements et ses angoisses. Il fait d'ailleurs ce commentaire pour répondre à son fils : « Je ne sais plus très bien où on va, mon pauvre Thomas. » (p. 8)

UN ROMAN AUTOBIOGRAPHIQUE

Où on va, papa ? est un roman largement autobiographique, c'est-à-dire un récit dans lequel le narrateur se confond avec l'auteur, mais sans qu'ils ne soient jamais vraiment semblables, car il s'agit tout de même d'une œuvre d'invention dans laquelle l'auteur peut s'affranchir de la réalité.

Jean-Louis Fournier raconte ses souvenirs de père, dans un récit écrit à la première personne et de son propre point de vue (ce qui laisse une grande place à sa subjectivité), puisqu'il est le personnage qui raconte ce qu'il a vécu.

Le pacte de lecture

Dans toute œuvre autobiographique, il faut considérer qu'un « pacte de lecture » est établi entre le lecteur et l'auteur -narrateur. Il implique de la part de l'écrivain un devoir de sincérité et de vérité. Ici, Jean-Louis Fournier n'hésite pas à écorner son image, ne cherche pas à se montrer comme un homme ou un père parfait, et semble parfois faire acte de confession. Il écrit par exemple, dans le préambule du roman : « Je n'ai pas été un très bon père. » (p. 8) Il instaure par ailleurs une connivence avec le lecteur en affirmant qu'il souhaite dans ce livre « écrire des choses [qu'il n'a] jamais dites » (p. 7), renforçant ainsi le lien particulier qui l'unit au lecteur, le réceptacle de sa confession.

Une situation d'énonciation particulière

Par les adresses directes adressées aux fils de l'auteur dans le préambule, on peut se poser la question du destinataire de ce roman : pour qui est-il écrit ? À qui s'adresse-t-il ?

- **un livre destiné à Mathieu et Thomas.** Le roman commence sous la forme d'une lettre de l'auteur adressée à ses fils (« Cher Mathieu, cher Thomas », p. 7). Il leur fait part de sa décision de leur « offrir un livre » pour, écrit-il, leur « dire qu'[il] regrette qu'[ils] n'aient pas pu être heureux ensemble, et peut-être, aussi, [leur] demander pardon de [les] avoir loupés » (p. 8). Mais la particularité du roman est ici que les mots de l'auteur ne parviendront jamais à ses enfants : Mathieu est déjà « parti » et Thomas « ne saur[a] jamais lire. » (p. 7) Ainsi, *Où on va, papa ?* s'adresse à des destinataires absents, comme une bouteille jetée à la mer. Il faut noter que si le narrateur s'adresse directement à ses enfants (« vous ») dans ce préambule épistolaire, il ne le fait pas dans le reste du roman ;

- **une confession.** C'est aussi à lui-même que se parle l'auteur (cette particularité de la situation d'énonciation est une constante dans les récits autobiographiques). *Où on va, papa ?*, par sa forme fragmentée, rappelle le journal intime. S'il y a bien une progression chronologique (on voit grandir Mathieu et Thomas au fil du texte), le roman est composé de très courts chapitres, de réflexions et de souvenirs mis bout à bout. Cette construction donne l'impression que l'auteur écrit pour lui-même, comme dans un journal intime. Par ailleurs, il semble ici se « confesser », exprimer sa tristesse et ses « remords » (p. 8), comme pour se demander pardon à lui-même. Le roman a ainsi un rôle cathartique, voire thérapeutique pour son auteur ;

- **un récit destiné au lecteur.** C'est surtout au lecteur que s'adresse ce livre. Celui-ci devient le dépositaire de la mémoire de l'auteur et permet « qu'on n'[...]oublie pas [Mathieu et Thomas], qu'[ils] ne [soient] pas seulement une photo sur une carte d'invalidité » (p. 7). Jean-Louis Fournier présente, en leur rendant hommage, ses enfants à ses lecteurs.

LE HANDICAP FACE AU REGARD DES AUTRES

La culpabilité

L'auteur exprime un sentiment de culpabilité vis-à-vis de l'état de ses enfants : « Quand je pense que je suis l'auteur [...] des jours qu'il a passés sur Terre, j'ai envie de lui demander pardon » pense-t-il au sujet de son fils, Mathieu (p. 18). Il s'interroge sur son héritage générique, « comme le font tous les parents d'enfants handicapés » qui vont dénicher, « perchés dans les arbres généalogiques, un arrière-grand-père ou un vieil oncle alcoolique » (p. 21). Mais il sait bien sûr qu'il n'est pas responsable de leur maladie, et écrit : « Ce n'est pas ma faute. C'est la faute à pas de chance. Peut-être que "génétique" c'est le mot savant pour dire "pas de chance" ? » (p. 114) Accablé à l'idée que ses fils n'ont pas été heureux et que leur sort est injuste (« C'est profondément injuste, ils n'ont rien fait », p. 108), il pense « aux petites joies » des garçons (caresser un chat, jouer avec un ballon, voir les sourires des autres) qui leur ont peut-être « rendu le séjour [sur Terre] supportable » (p. 128-129).

Les préjugés

Quand on a des enfants qui ne sont pas comme les autres, on subit le regard curieux, interrogateur et méfiant d'autrui. Chacun se sent obligé d'émettre un avis sur les causes du handicap ou sur la façon dont il faut s'y prendre : « Quand on a un enfant handicapé, il faut supporter, en plus, d'entendre dire pas mal de bêtises. » (p. 30) Des personnes extérieures ou des connaissances, par exemple, n'hésitent pas à émettre des commentaires au sujet de ses fils handicapés : si certains

« [les auraient] étouffé à la naissance, comme un chat » (p. 32), on lui cite aussi des exemples de familles qui ont des enfants handicapés à cause de leurs pêchés. D'autres encore lui assènent que c'est « à cause de [son] père » (p. 30) alcoolique, ou encore que les enfants handicapés sont « des cadeaux du ciel » (p. 32). Face à la maladresse et la « bêtise » de certains, l'auteur trouve bon de ne pas réagir.

Pour ceux qui ont des enfants valides, un enfant handicapé est vu comme un poids : le narrateur déplore au contraire qu'on attende de lui d'avoir « une tête d'enterrement, [...] un air malheureux » (p. 35), et affirme sa capacité à rire de tout : « Je me moque de moi-même et de mes enfants. C'est mon privilège de père. » (p. 36)

Le normal et l'anormal

Bien qu'il les utilise, l'auteur affirme ne pas aimer les termes « handicapé » et « anormal » (p. 98), car il se demande ce que « normal » veut dire. Il préfère dire que ses fils ne sont tout simplement « pas comme les autres », à l'instar d'Einstein (physicien américain, 1879-1955), de Mozart (compositeur allemand, 1756-1791) ou de Michel-Ange (artiste italien, 1475-1564). De plus, l'institution pour malades psychiques où Thomas passe son adolescence jouit d'une ambiance drôle et envoutante. Pierre Desproges, qui accompagne un jour l'auteur dans l'établissement où Thomas est placé, voit tous les jeunes internés l'entourer et lui faire la bise. Desproges en est ravi et y retourne : « Lui qui adorait l'absurde, il avait trouvé des maitres » (p. 96), conclut l'auteur. Le monde de ces jeunes malades n'est peut-être pas aussi noir qu'on le pense. Ils vivent dans un univers à eux, incompréhensible aux personnes « normales ». Ils sont capables de transmettre du courage à leur entourage et de faire voir les choses différemment.

Ce n'est pas par hasard si le titre du livre reprend une réplique de Thomas – « Où on va, papa ? » –, réplique qui exprime un désir de s'évader ensemble, de quitter ce monde où les handicapés sont vus comme anormaux et d'aller dans un autre univers. Mathieu, avec sa passion pour les voitures, suggère le même souhait de partir, de s'échapper.

L'HUMOUR

Jean-Louis Fournier recourt à l'humour dans ce roman, tant en tant qu'auteur qu'en tant que personnage. Qu'il soit tendre ou noir, l'humour est pour lui un exutoire, mais aussi une façon de mettre le réel à distance, d'accepter et de supporter la situation. L'humour est « la seule façon [qu'il a] trouvée pour garder la tête hors de l'eau » (p. 37). L'auteur écrit vouloir « prouver [qu'il est] capable de rire de [ses] misères » (p. 81).

Rire des bêtises de ses enfants

Jean-Louis Fournier souhaite « pour une fois, [...] parler de [ses fils] avec le sourire », dit-il au début du roman (p. 8). Il ajoute, à l'adresse de ses enfants : « Vous m'avez fait rire, et pas toujours involontairement. » (*ibid.*)

Dans ce récit, il revendique la nécessité de rire de ses enfants et fait souvent face à l'incompréhension voire aux jugements extérieurs, comme si la situation exigeait la morosité : « Un père d'enfant handicapé [...] doit porter sa croix, avec un masque de douleur. » (p. 35)

Un de ses souvenirs illustre bien cette idée : il raconte avoir participé à une émission de télévision pour témoigner de son expérience en tant que père de deux enfants handicapés. Il a « insisté sur le fait que [ces derniers le] faisaient rire souvent avec leurs bêtises » (p. 37) et déplore qu'on s'autorise à rire d'un jeune enfant barbouillé de crème au chocolat, mais que « si c'est un handicapé, on ne rie pas. » Pourtant, à la diffusion de l'émission, « tout ce qui concernait le rire » avait été coupé pour ne pas « choquer » le public (*ibid.*).

L'humour noir

Jean-Louis Fournier compte Pierre Desproges parmi ses amis et écrit avoir « toujours adoré *Hara-Kiri* » (p. 81). *Hara-Kiri* est un journal satirique, ancêtre de *Charlie hebdo*, fondé en 1960 par François Cavanna (écrivain, journaliste et dessinateur humoristique français, 1923-2014) et le Professeur Choron (écrivain, journaliste satirique et humoriste français, 1929-2005). Fournier met cette culture de l'humour noir au service de sa narration.

Ainsi, quand il imagine la photographie qu'il pourrait faire avec sa famille en guise de carte de vœux, « avec les mots "Bonne année" au-dessus des têtes hirsutes et cabossées » de ses fils, il conclut par : « Ça risque de ressembler plus à une couverture d'*Hara-Kiri* par Reiser [dessinateur de presse et auteur de bandes dessinées, 1941-1983] qu'à une carte de vœux. » (p. 47) Et si cet humour peut parfois paraître violent, l'auteur écrit : « Pardon Mathieu. Je n'avais pas envie de me moquer de toi, c'est peut-être de moi que je voulais me moquer. » (p. 81) On peut lire cette phrase comme une réponse anticipée aux polémiques provoquées par le roman chez certains lecteurs.

UNE DÉCLARATION D'AMOUR

Jean-Louis Fournier rend hommage à ses deux fils dans ce roman poignant et leur déclare son amour et sa tendresse. S'il évoque sans détour sa tristesse et sa désespérance face au handicap de ses enfants, sa déception lorsqu'on les a diagnostiqués handicapés, ses frustrations de père, il ne leur rend pas moins hommage en ajoutant à ses sentiments ceux de la tendresse, du respect et de l'amour. L'existence même de ce livre, qu'il a écrit pour eux, est un gage d'amour. L'auteur, qui confie au début du roman qu'ils étaient « difficiles à aimer » (p. 7), raconte ses difficultés et le chemin qu'il a parcouru avec ses deux fils.

Il exprime son amour et sa tendresse pour ses fils par des expressions imagées : ils parlent le « lutin », sont « deux petits oiseaux » qui ont « de la paille dans la tête » (p. 44). S'il « se moque » ou tourne en dérision leur handicap, ce n'est bien sûr pas par manque d'amour, mais pour mettre le tragique à distance tout en faisant valoir que « ça n'empêche pas les sentiments » (p. 43). Ainsi, après les avoir appelés « Tarzoon, la honte de la jungle » en comparaison avec Tarzan, il ajoute : « Sachez que je vous préfère à l'arrogant Tarzan, vous êtes bien plus émouvant, mes petits oiseaux. » (p. 81)

Où on va, papa ? est un livre « offert » par un père à ses deux fils, le seul moyen qu'il ait trouvé pour leur dire qu'il les aime, une des « choses [qu'il n'a] pas pu [leur] dire sur Terre parce [qu'ils] ne compren[aient] pas le français et que [lui] ne parlait pas le lutin. » (p. 86)

PISTES DE RÉFLEXION

QUELQUES QUESTIONS POUR APPROFONDIR SA RÉFLEXION...

- Commentez le choix du titre de cet ouvrage.
- Les sentiments évoqués par l'auteur à l'égard de ses fils sont contradictoires. Expliquez et illustrez.
- La notion de fatalisme est présente dans le texte. Repérez et commentez les séquences dans lesquelles elle apparait.
- Jean-Louis Fournier préfère l'humour noir au ton tragique. Expliquez en quoi consiste son humour noir. Comment interprétez-vous sa préférence ?
- Comment expliquer le fait que l'auteur compare toujours le développement de ses fils à l'évolution des enfants « normaux » ?
- En quoi peut-on dire que cet ouvrage sert de thérapie à son auteur ?
- Dans quel genre littéraire classeriez-vous cette œuvre (roman autobiographique, témoignage, journal intime, roman épistolaire, etc.) ? Justifiez votre réponse.
- Cet ouvrage a fait polémique. Par quel(s) élément(s) certains lecteurs ont-ils pu être choqués d'après vous ?
- L'auteur apporte-t-il un nouveau regard sur le handicap ?
- Commentez l'évolution des rapports entre Josée et le personnage du père dans le roman.

Votre avis nous intéresse !
Laissez un commentaire sur le site de votre librairie en ligne
et partagez vos coups de cœur sur les réseaux sociaux !

POUR ALLER PLUS LOIN

ÉDITION DE RÉFÉRENCE

- FOURNIER J.-L., *Où on va, papa ?*, Paris, Le Livre de Poche, 2010, 160 p.

Retrouvez notre offre complète sur lePetitLittéraire.fr

- des fiches de lectures
- des commentaires littéraires
- des questionnaires de lecture
- des résumés

ANOUILH
- Antigone

AUSTEN
- Orgueil et Préjugés

BALZAC
- Eugénie Grandet
- Le Père Goriot
- Illusions perdues

BARJAVEL
- La Nuit des temps

BEAUMARCHAIS
- Le Mariage de Figaro

BECKETT
- En attendant Godot

BRETON
- Nadja

CAMUS
- La Peste
- Les Justes
- L'Étranger

CARRÈRE
- Limonov

CÉLINE
- Voyage au bout de la nuit

CERVANTÈS
- Don Quichotte de la Manche

CHATEAUBRIAND
- Mémoires d'outre-tombe

CHODERLOS DE LACLOS
- Les Liaisons dangereuses

CHRÉTIEN DE TROYES
- Yvain ou le Chevalier au lion

CHRISTIE
- Dix Petits Nègres

CLAUDEL
- La Petite Fille de Monsieur Linh
- Le Rapport de Brodeck

COELHO
- L'Alchimiste

CONAN DOYLE
- Le Chien des Baskerville

DAI SIJIE
- Balzac et la Petite Tailleuse chinoise

DE GAULLE
- Mémoires de guerre III. Le Salut. 1944-1946

DE VIGAN
- No et moi

DICKER
- La Vérité sur l'affaire Harry Quebert

DIDEROT
- Supplément au Voyage de Bougainville

Dumas
- Les Trois Mousquetaires

Énard
- Parlez-leur de batailles, de rois et d'éléphants

Ferrari
- Le Sermon sur la chute de Rome

Flaubert
- Madame Bovary

Frank
- Journal d'Anne Frank

Fred Vargas
- Pars vite et reviens tard

Gary
- La Vie devant soi

Gaudé
- La Mort du roi Tsongor
- Le Soleil des Scorta

Gautier
- La Morte amoureuse
- Le Capitaine Fracasse

Gavalda
- 35 kilos d'espoir

Gide
- Les Faux-Monnayeurs

Giono
- Le Grand Troupeau
- Le Hussard sur le toit

Giraudoux
- La guerre de Troie n'aura pas lieu

Golding
- Sa Majesté des Mouches

Grimbert
- Un secret

Hemingway
- Le Vieil Homme et la Mer

Hessel
- Indignez-vous !

Homère
- L'Odyssée

Hugo
- Le Dernier Jour d'un condamné
- Les Misérables
- Notre-Dame de Paris

Huxley
- Le Meilleur des mondes

Ionesco
- Rhinocéros
- La Cantatrice chauve

Jary
- Ubu roi

Jenni
- L'Art français de la guerre

Joffo
- Un sac de billes

Kafka
- La Métamorphose

Kerouac
- Sur la route

Kessel
- Le Lion

Larsson
- Millenium I. Les hommes qui n'aimaient pas les femmes

Le Clézio
- Mondo

Levi
- Si c'est un homme

Levy
- Et si c'était vrai…

Maalouf
- Léon l'Africain

MALRAUX
- La Condition humaine

MARIVAUX
- La Double Inconstance
- Le Jeu de l'amour et du hasard

MARTINEZ
- Du domaine des murmures

MAUPASSANT
- Boule de suif
- Le Horla
- Une vie

MAURIAC
- Le Nœud de vipères

MAURIAC
- Le Sagouin

MÉRIMÉE
- Tamango
- Colomba

MERLE
- La mort est mon métier

MOLIÈRE
- Le Misanthrope
- L'Avare
- Le Bourgeois gentilhomme

MONTAIGNE
- Essais

MORPURGO
- Le Roi Arthur

MUSSET
- Lorenzaccio

MUSSO
- Que serais-je sans toi ?

NOTHOMB
- Stupeur et Tremblements

ORWELL
- La Ferme des animaux
- 1984

PAGNOL
- La Gloire de mon père

PANCOL
- Les Yeux jaunes des crocodiles

PASCAL
- Pensées

PENNAC
- Au bonheur des ogres

POE
- La Chute de la maison Usher

PROUST
- Du côté de chez Swann

QUENEAU
- Zazie dans le métro

QUIGNARD
- Tous les matins du monde

RABELAIS
- Gargantua

RACINE
- Andromaque
- Britannicus
- Phèdre

ROUSSEAU
- Confessions

ROSTAND
- Cyrano de Bergerac

ROWLING
- Harry Potter à l'école des sor-ciers

SAINT-EXUPÉRY
- Le Petit Prince
- Vol de nuit

SARTRE
- Huis clos
- La Nausée
- Les Mouches

SCHLINK
- Le Liseur

SCHMITT
- La Part de l'autre
- Oscar et la
  Dame rose

SEPULVEDA
- Le Vieux qui
  lisait des romans
  d'amour

SHAKESPEARE
- Roméo et Juliette

SIMENON
- Le Chien jaune

STEEMAN
- L'Assassin
  habite au 21

STEINBECK
- Des souris et
  des hommes

STENDHAL
- Le Rouge et
  le Noir

STEVENSON
- L'Île au trésor

SÜSKIND
- Le Parfum

TOLSTOÏ
- Anna Karénine

TOURNIER
- Vendredi ou
  la Vie sauvage

TOUSSAINT
- Fuir

UHLMAN
- L'Ami retrouvé

VERNE
- Le Tour
  du monde
  en 80 jours
- Vingt mille
  lieues sous
  les mers
- Voyage au
  centre de
  la terre

VIAN
- L'Écume des jours

VOLTAIRE
- Candide

WELLS
- La Guerre des
  mondes

YOURCENAR
- Mémoires
  d'Hadrien

ZOLA
- Au bonheur
  des dames
- L'Assommoir
- Germinal

ZWEIG
- Le Joueur
  d'échecs

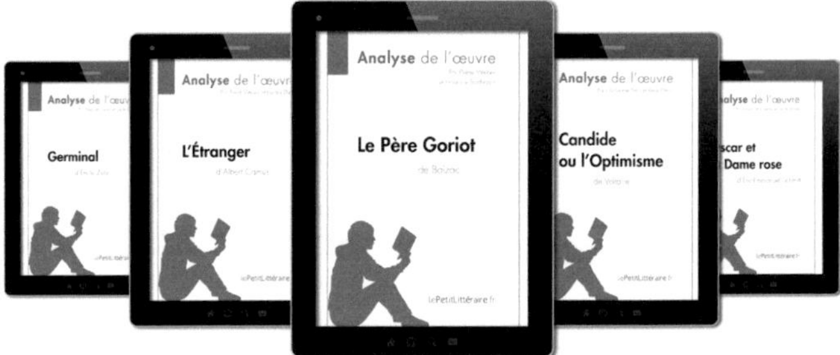

www.lepetitlitteraire.fr

ISBN version numérique : 978-2-8062-1882-7
ISBN version papier : 978-2-8062-1389-1
Dépôt légal : D/2013/12603/404

Avec la collaboration de Margot Pépin pour l'étude des personnages ainsi que pour les chapitres « Où on va, papa ? », « Un roman autobiographique », « La culpabilité », « L'humour » et « Une déclaration d'amour ».

Conception numérique : Primento,
le partenaire numérique des éditeurs.

Ce titre a été réalisé avec le soutien de la Fédération Wallonie-Bruxelles, Service général des Lettres et du Livre.